AF150283

SIGRID ELLI

MORD
UND ANDERE
FAMILIÄRE
ZUTATEN

novum 📖 pro

Dieses Buch ist auch als
e-book
erhältlich.

Bibliografische Information
der Deutschen Nationalbibliothek:

Die Deutsche Nationalbibliothek
verzeichnet diese Publikation in
der Deutschen Nationalbibliografie.
Detaillierte bibliografische Daten
sind im Internet über
http://www.d-nb.de abrufbar.

Gedruckt in der Europäischen Union
auf umweltfreundlichem, chlor- und
säurefrei gebleichtem Papier.

© 2025 novum publishing gmbh
Rathausgasse 73, A-7311 Neckenmarkt
office@novumverlag.com

ISBN 978-3-7116-0739-3
Lektorat: naku
Umschlagfoto:
Dmitry Rukhlenko I Dreamstime.com
Umschlaggestaltung, Layout & Satz:
novum Verlag

www.novumverlag.com

Druckprodukt mit finanziellem
Klimabeitrag
ClimatePartner.com/16547-2311-1001

Mord und andere familiäre Zutaten

Ed war ins Wasser gefallen. Sein Körper wies einige Verletzungen auf. So konnte nicht ausgeschlossen werden, dass er möglicherweise gestoßen worden war – oder noch schlimmer: man ihn ertränkt hatte.

Wir Anleger vom Bootssteg „Wasserfrosch" waren erschüttert, hatten wir doch noch einen Abend vorher zusammen an Land gesessen, Bier und Wein getrunken und die obligatorischen Erdnüsse geknabbert. Unsere Runde war dann auch die erste, die verhört wurde. Wer hat wo neben wem gesessen und ist wann gegangen – nach Hause oder auf sein Boot. Der Abend war lang gewesen und es hatte eine gemütliche Stimmung geherrscht, kein Streit oder so, nichts hatte darauf hingedeutet, dass Ed sein Leben verlieren würde.

Der See, an dem unsere Boote verschiedener Qualität und Größe lagen, war zum Schwimmen nicht geeignet, weil man nicht stehen konnte, ohne im Sumpf zu versinken. Bei hohem Wellengang wurde die Brühe so richtig aufgewirbelt und das Wasser braun. Ab und zu gab es auch Algen.

Aber, wie gesagt, die Leute vom Steg waren verträglich. Ohne das übliche Gerede ging es natürlich nicht ab – wie überall. Dass sich Rother ein noch größeres Boot kaufen wollte, weil er klein und geltungssüchtig sei. Seine Frau hieß bei allen nur „die Dicke", obwohl sie eigentlich nicht dick war, sondern nur Beine wie Stampfer hatte. Ihr Vorname lautete Ute und sie rauchte stark; vielleicht bekam sie deshalb kein Kind, ha, ha. Es hieß, sie würde Ed nachsteigen – und Rother hätte das mitbekommen ...

Bumpi hatte eine von zwei Schwestern, die mal mit dem einen, mal mit dem anderen liiert war. Und Balle hatte die andere von den beiden, die sich nur darin unterschieden, dass die Freundin von Balle einen kleineren Bauch hatte, ansonsten aber auch dürr war. Balle wurde so genannt, weil er im Winter auf Mallorca am Ballermann gewesen war. Außerdem war er hinter jedem Rock her – und Ed hatte gerade eine tolle Schnitte angeschleppt. Olga, die immer alles wusste, war sich sicher, dass Ed sie über Hockers kennengelernt hatte. Na dann.

Hirte gehörte ebenfalls zu der Gruppe um Rother, war eigentlich nicht doof, aber Rother fast hörig. Hatte er Ed umgebracht, weil der sich an die Dicke herangemacht hatte, oder die sich an Ed? Wenn Ed viel getrunken hatte, dann hörte man schon Sprüche wie „Komm zu mir Mädel, ich mach dir ein Kind", oder „Willste mal meinen sehen? Da wirste schon vom Angucken fett, ha, ha."

Hockers waren eigentlich überall dabei, traten immer im Doppelpack auf. Sie sah durch ihre Frisur leicht wie der verstorbene Mooshammer aus. Er unterstützte seine Frau in allem, was sie sagte mit „Genau!" oder „So meine ich das auch" oder „Sie ist so klug". Eine eigene Meinung von ihm war nie zu hören, da wartete man vergebens. Sie hatten mit Ed nichts zu tun, aber vielleicht mit seiner Freundin. Ich glaube, sie hatte Hockers mal eine Wohnung besorgt ... Aber in welchem Zusammenhang die sonst standen, das wusste nicht mal Olga. Und dann jemanden gleich umbringen?

Mechthild und den Biertrinker sah man auch nur zu zweit. Das Pärchen verhielt sich jedoch anders als die Hockers. Jeder sagte, was er dachte. Sie ging ins Boot und er blieb oder umgekehrt. Den Spitznamen hatten sie von Purzel bekommen, der als Helfer am Steg fungierte. Sie trank nichts außer Wasser, er versenkte sich in Bier und blieb gerne an Land, um mit den anderen zu saufen. Olga trank ja eher Wein. Und seit Neuestem gab es auch alkoholfreies Bier, das Franz verwaltete.

Dante war begehrt, weil er Motoren reparieren konnte – für ein Bier oder ein warmes Dankeschön. Die Frauen waren hinter ihm her, weil er gut aussah; vielleicht auch Eds Neue? Hatte ihn Dante deshalb umgebracht? Was eigentlich mit Dante los war, wusste so recht niemand. Man munkelte, seine Frau sei über Bord gegangen, er hätte es nicht bemerkt ... Ein Mord? Dann geht der zweite leichter. Dante und Ed sind sich jedenfalls aus dem Weg gegangen. Munkel, munkel ...

Dann saßen noch Arne und Lolle mit am Tisch. Die beiden hatten günstig ein Boot gekauft und bauten es nun auf. Ed hatte den Kauf damals vermittelt. War da etwas schiefgegangen? Günstig wurde für die beiden nun schon ziemlich teuer. Dante, dessen Boot daneben lag, ließ dauernd irgendwelche Sprüche ab. Als sie zum Tisch kamen, fragte er, ob sie sich ein Bier leisten könnten, er würde sie sonst einladen. Arne hätte ihm beinahe eine reingehauen, aber Lolle hielt ihn zurück. Ed sagte zu Dante, er solle es lassen, und grinste. Arne kochte. Hatte er Ed auf dem Gewissen?

Maria, die ein kleines Boot hatte und nur manchmal drauf schlief, weil alles so eng war, spielte sich auf. Ed sei ein wirklicher Kerl, ließ sie verlauten, aber er ginge nie auf sie ein. Hatte sie sich wegen der Nichtbeachtung gerächt?

Hermine hatte das einzige Hausboot am Steg, groß und geräumig. Und wenn sie gut drauf war, konnten wir auf ihrem Boot zusammenkommen. Addi, dem der Steg gehörte und der herumschwadronierte, kam nie dazu. Das war Ed zu verdanken, der Hermine aufgestachelt hatte – von wegen so hohe Gebühren und dann Geselligkeit auf ihrem Boot für lau, nicht mal ein Bier gibt der aus ... Das hatte Addi mächtig geärgert und seine Position untergraben, was ihm sehr zu schaffen gemacht hatte. Aber deshalb ein Mord?

Zippa, Trude und Paula hatten zusammen ein Boot, nutzten es abwechselnd oder fuhren zusammen raus zum Schwimmen. Olga war oft mit dabei, aber mit ihrem eigenen Boot. Sie blieben oft über Nacht auf dem See und schlossen ihre Boote zu Päckchen zusammen. Also die drei Frauen saßen oft an Land in unserer Runde – so auch an dem bewussten Abend, als Ed wie auch immer starb.

Es gab noch etliche Bootsbesitzer, die ab und zu mal mit dazukamen, aber eben nicht an diesem Abend. Fritz wusste auch, wer sonst noch da war, auf dem Boot oder sonst wo; hatte er alles der Polizei gesagt. Einige Kunden waren allerdings auch auf dem Grundstück gewesen, weil Boote zum Verkauf standen, die sie sich ansehen wollten. Dass die es auf Ed abgesehen haben könnten, war unwahrscheinlich, aber auch nicht auszuschließen. Von denen hatte die Polizei keine Namen und Adressen, suchte sie über die Medien als Zeugen. Und so kam die Tatsache, dass Ed zu Tode gekommen war, einem großen Kreis zur Kenntnis.

Ed ist tot? Wie denn das? Ertrunken? Was? Verletzt? Die Spurensicherung konnte genau sagen, wo Ed ins Wasser gegangen war. Am Steg und am Boot, das dort lag, war Blut entdeckt worden. Fritz beeilte sich, eine Traueranzeige in den Schaukasten zu hängen mit den Unterschriften von Fritz, Addi und Purzel im Namen aller Bootseigner. So hing die Nachricht im Kasten unter der Überschrift „Zu verkaufen".

Von Eds Seite kam niemand zum Steg, es kümmerte sich auch niemand um das Boot. Es war zwar noch nicht freigegeben, aber nachfragen hätte ja jemand können. Auch seine neue Flamme verlosch sofort, als sie vom Tode hörte. Die Polizei hatte sie wohl verhört, aber da sie an dem Abend nicht dabei gewesen war, konnte sie nicht viel sagen. Verdächtig war es jedoch, dass niemand Ed vermisste. Aus den Medien hätte sein Arbeitgeber erfahren müssen, dass Ed tot war. Und andere hatten es auch mitbekommen. Aber es blieb dabei: Zum Steg kam niemand.

Ich wollte Olga noch einmal fragen, was sie zur Freundin von Ed sagen konnte oder wusste. Hockers kannten sie wohl auch.

Mit wem war sie vorher zusammen gewesen? Das Gelände vom Steg war ja kein Gefängnis, schwups war man über den Zaun geklettert. Und auf den Booten war auch alles nicht so stabil, dass man sich nicht hätte Zugang verschaffen oder Ed auflauern können. Ich hatte auch ein Problem, mich zu erinnern, wer wann gegangen war. Zwischendurch waren auch noch einige Kanuten an den Tisch gekommen, hatten was gesagt und waren wieder gegangen. Olga machte einen bedrückten Eindruck, faselte immer davon, man hätte Ed sicher retten können. Wie, das konnte sie nicht beantworten – oder wollte es nicht.

Ein friedlicher Steg, aber so war es wohl doch nicht. Jeder grollte jedem. Nur nach außen wurde freundlich getan. Hockers hatten ihr Boot neben Hermines Wohnboot. Dass sie das große Boot gewählt hatte, lag wohl auch daran, dass sie etwas gehbehindert war und einen guten Ein- sowie Ausstieg brauchte. Ihr Mann war sehr erfahren und konnte das Boot punktgenau anlegen, was viel Neid zur Folge hatte. Rother wollte der Platzhirsch sein, was Addi schon nicht gefiel. Aber einige hatte er trotzdem hinter sich geschart – und die stichelten ganz schön gegen die anderen. Er war gut im Kontern gewesen, von wegen kleiner Schwanz. Rother war außer sich gewesen, aber alle hatten gegrinst. Der muss eine Wut auf den gehabt haben ... Aber wie immer, der Mörder ist immer der Gärtner. Was hatte Purzel damit zu tun? Er war der Helfer, zuständig für alles: vom Wegwischen der Entenscheiße auf den Stegen bis zum Rasenmähen. Deshalb der Gärtner ... Sein Vorname lautet eigentlich Richard, aber der Nachname war Purzel; sehr lustig, nur nicht für ihn, denn Hockers legten sich einen Hund zu, dem sie den Namen gaben. „Purzel, sitz!", „Purzel, hol Stöckchen!", „Ha, ha ..." Ed war im Ärgern anderer ein Meister und schlug auch noch in die Kerbe; er war wohl Hockers verpflichtet, weil sie einen Bezug zu seiner Neuen hatten. Zufälle gibt es ... Ich glaube nicht an solche Zufälle.

Die Arbeit der Polizei ging nur schleppend voran. Am Steg saßen immer weniger Leute zusammen. Die Stimmung war dahin. Addi war auch nicht daran gelegen, wenn man tuschelnd beieinanderstand. Die Saison neigte sich dem Ende zu und viele hatten noch am Boot zu tun: ausräumen, putzen. Ich war gerade im Bootsschuppen, um etwas zu holen, als ich Addis Stimme aus seinem abgeteilten Partyraum vernahm. „Das darf nicht rauskommen, hast du verstanden?!", sagte er zu jemandem, mehr war nicht zu hören. Wer war die andere Person? Ich wartete vor dem Schuppen, meine Neugier war zu groß, als Franz vorbeikam und mich in ein Gespräch übers Wetter verwickelte, wie spannend, bla, bla ... Um nicht unfreundlich zu sein, blieb ich Franz im Gespräch gegenüber und langsam aber sicher drehte ich mich mit dem Rücken zum Schuppen, als ich merkte, dass die Person schon weg war. Zu spät, Mist! Auf jeden Fall war also Addi in den Fall verwickelt.

Kommissar Reilinger stand vor einem Problem. Zippa, eine andere Bootseignerin, war tot im Wasser aufgefunden worden. Eine männliche Leiche – und nun eine weibliche ... Was hatten die miteinander zu tun? Gab es eine Verbindung? Der Kommissar musste die anderen beiden Frauen, mit denen Zippa das Boot teilte, noch einmal befragen.

Fri ließ nichts anbrennen. In ihrem Job als Maklerin kam sie mit gut situierten Kunden ins Geschäft. Da waren Hockers, die ein wunderschönes Anwesen erworben hatten – behindertengerecht, weil Frau Hocker schlecht zu Fuß war nach den beiden Knie-OPs. Durch sie hatte Fri Guntram Polluk empfohlen bekommen. Der suchte ein feudales Haus, das man weder von der Straße noch vom Wasser einsehen konnte. Was sich anfangs als ein sehr schwieriges Unterfangen darstellte, löste sich zufällig beim Gespräch mit anderen Kunden, die etwas weniger ausgeben, Wand an Wand mit Freunden bauen wollten, aber auch mit Blick auf den See. So hatte Guntram sein Haus gefunden. Er hatte durch diverse Patente in der chemischen Branche ein sehr gutes Einkommen, war aber noch nicht geschieden, jedoch auf dem Weg dorthin – deshalb das eigene Haus. Seine momentane Freundin machte eher einen biederen Eindruck. Warum er so abgeschieden und doch zentral wohnen wollte, erregte Fris Neugier. Wie Hockers und Polluk zusammenhingen war auch noch unklar. Fri musste nun an Grundstücke kommen, die am See lagen und geeignet waren für eine Bebauung. Das war nicht so einfach, da die bekannten Lagen bereits bebaut oder nicht verkäuflich waren. Aber Fri wusste, dass Männer so ihre Bedürfnisse haben, und zwischen zwei Straßen gab es Baumbestand am Wasser, kein Wald, keine Grünanlage, also wohl auch nicht schützenswert. Der Plan ging auf.

Fri umgarnte den Senator für Stadtentwicklung und nach ein paar gemeinsamen Nächten bekam sie den Zuschlag, das Grundstück zu vermitteln. Eine höhere Rendite konnte man durch Prostitution wohl nicht bekommen. Das Land wurde vermessen, gerodet und in vier Baugrundstücke geteilt. Das schönste, vorne am Wasser gelegen, bekam Dipl.-Ing. Kubis, der sich ein sehr modernes Haus hinstellen ließ. Sehr schön. Fri nahm Kontakt zu ihm auf, als das Haus eingerichtet war, und ihr Plan klappte. Vom oberen Stockwerk aus konnte sie teilweise in das Grundstück von Guntram Polluk einsehen. Diese Nähe fand dieser zwar nicht gut und ging daran, einen Sichtschutz zu pflanzen, das machte Fri misstrauisch und umso neugieriger. Erst mal verfolgte sie den Gedanken nicht weiter, da sich die Ehepaare Glaser und Weber für die nebeneinander-liegenden Grundstücke an der Straße mit freiem Blick auf den See entschieden hatten. Endlich kam wieder Geld in die Kasse. Das vierte Grundstück schien erst einmal unverkäuflich zu sein, weil ein Weg am Garten vorbeiführte. Seen mussten für die Öffentlichkeit zugänglich sein. Früher oder später würde sich jedoch ein Interessent finden.

Fri hatte Hocker kennengelernt, als er bei ihr die Elektrik legte. Und so kam es, dass sie dem Ehepaar Hocker später das Haus besorgt hatte. Hockers wiederum kannten Guntram Polluk, weil Hocker dort ebenfalls die Elektrik verlegt hatte. Polluk war sehr zufrieden mit dessen Arbeit und so kamen sich Hocker und Polluk näher, privat und geschäftlich. Da Hockers mit dem Hauskauf sehr zufrieden waren, empfahlen sie Fri als Maklerin, als Polluk ein Haus suchte. Das lohnte sich auch für Polluk. Nur dass in unmittelbarer Nachbarschaft vier Baueinheiten entstanden, das gefiel ihm nicht; und Fri gefiel nicht, dass sie bei ihm nicht mit ihren Verführungskünsten gelandet war. Er hielt an seiner drögen Freundin fest.

Nachdem Ed zu Tode gekommen war, sah Fri sich um, wer nun als Partner in Frage kam. Und siehe da, Dipl.-Ing. Kubis war zur Stelle. Als sie das erste Mal bei ihm daheim war, hatte er sich schon gefreut. Und nun schien es sich noch besser anzulassen. Eds Tod hatte Fri nur nach außen hin verkraftet, im Inneren trauerte sie doch um ihn. Woher Ed das viele Geld hatte, um sie zu beschenken und teuer einzuladen, blieb ihr verborgen. Er vertröstete, sie einweihen zu wollen, aber dazu kam es dann nicht mehr. Der Polizei sagte sie davon nichts.

Als Guntram Polluk auf dem Steg war und sich nach einem Boot erkundigte, war Ed ihm sehr behilflich gewesen. Man konnte den Eindruck haben, dass die beiden sich kannten. Komisch, dass Polluk sich am Steg „Wasserfrosch" nach einem Boot erkundigte. Sein kleines Boot an seinem Grundstück war wertvoller als die angebotenen ...

Fri saß auf dem schönen Balkon des Hauses von Dipl.-Ing. Kubis und sah hinüber zu Guntram Polluks Grundstück, sah, wie geschäftig Taschen und Beutel auf sein Boot gebracht wurden. Er stellte sie auf den Steg. Und seine Freundin lud ein. Erst dachte Fri, dass die eine längere Tour machen wollten, aber irgendetwas stimmte nicht. Als das Boot sich entfernte, sah Fri, dass das kleine Tor vom Steg zum Grundstück offenstand. Und schon war der Gedanke geboren, sich mal umzusehen. Sie ging bis zur Wasserlinie und von da aus zum Nachbargrundstück, kletterte auf den Steg und war im Garten von Guntram Polluk.

An den Hochbeeten vorbei ging sie zu dem kleineren Haus, das durch einen verglasten Gang mit dem Haupthaus verbunden war, versuchte, durchs Fenster zu sehen, doch es war verdunkelt. Sie ging ums Haus herum, nichts zu sehen. Als sie in Richtung Haupthaus lief, bemerkte sie, dass im Laubengang die Glastür nur angelehnt war. Sicher würde Guntram Polluk bald zurück sein, wenn er alles offenließ. Trotzdem schlüpfte sie hinein und ging zum kleinen Haus mit den verdunkelten Fenstern. Mühelos ließ sich die Klinke hinunterdrücken und sie stand in einem kleinen Labor. „Na, sieh mal an, was macht denn der liebe Guntram Polluk hier?", dachte sie.

Zur selben Zeit meldete sich Guntram Polluks Handy. Und auf dem Display konnte er sehen, wie Fri sich in seinem Labor umsah, die Arbeit von Hocker hatte sich also gelohnt. Eigentlich wollte er seine Freundin mit den Taschen absetzen, aber nun ging es sofort zurück. Als Guntram Polluk sein Boot festmachte, war Fri in der Falle; wie sollte sie zum Grundstück von Kubis zurückkommen? Den Keller hatte sie auch noch nicht inspiziert. Als sie vorsichtig aus der Tür spähte und Guntram kommen sah, fiel ihr das Herz in die Hose. Aber wie durch ein Wunder hörte sie Kommissar Reilingers Stimme am Tor: „Hallo, Herr Polluk, ich habe da mal eine Frage ...", und der Kommissar zeigte seinen Ausweis hoch. So ging Guntram Polluk zum Tor. In diesem Moment konnte Fri fliehen. Auf dem Steg zu Guntram Polluks Grundstück stieß sie jedoch mit dessen Freundin zusammen. „Was machen sie denn hier?", fragte diese erstaunt. „Ja, was wohl", entgegnete Fri geistesgegenwärtig, „ich war mit Guntram verabredet." Und sie ging mit Schwung in den Hüften aufs andere Grundstück zu Kubis, den sie zärtlich Kürbis nannte, weil er nicht ebne schlank war. Kein Vergleich zu Ed. Lange würde die Beziehung sowieso nicht halten, aber im Mercedes heulte es sich besser als im Trabi ...

Guntram Polluk hatte eine offene Ehe geführt. Er und seine Frau waren ständig Gäste in Privatclubs und den zahlreichen

Swingerclubs der Stadt. Alles hatte seine Regeln, jeder kam auf seine Kosten, bis sich Trud verliebt hatte und verlangte, dass ihr Lover ins Haus einziehen sollte. Trud strafte Guntram durch Liebesentzug und ging davon aus, dass er schon einschwenken würde. Tat er aber nicht. Als erstes versteckte er geschickt sein Geld und organisierte sich ein neues Haus; sie eines und er eines, da war die Eigentumsfrage schnell geklärt. Seine Firma glitt in die roten Zahlen und das Wasser stand ihm angeblich bis zum Hals. Nachweislich hatte er sich mit einigen Beträgen verspekuliert, aber das konnte doch nicht alles sein.

Während also Trud ihren neuen Lover vögelte, schaffte Guntram sein Vermögen an ihr vorbei beiseite. Dann eröffnete er ihr, dass er ausziehen wolle, und tat dies auch. Alles Bitten von Trud half nichts. Unterhalt? Er lebte doch selber von der Hand in den Mund wegen des Hauskaufes, sie könne doch an ihren Lover vermieten oder sich aushalten lassen. So einfach wollte Trud Guntram jedoch nicht davonkommen lassen ...

Kommissar Reilinger wartete, bis Guntram Polluk an das Tor gekommen war, zeigte noch einmal seinen Ausweis und dachte, er könne aufs Grundstück. Doch weit gefehlt. Guntram fragte, was denn los sei, und Reilinger befragte ihn zum Tag, an dem Ed zu Tode kam. Ja, er wäre im Laufe des Tages auf dem Bootsgelände gewesen, um sich ein Boot anzuschauen, das zum Verkauf stand. Wie Guntram berichtete, sah Reilinger im Hintergrund jemanden weghuschen. Und kurz darauf erschien Hilke auf der Bildfläche, mit Taschen in den Händen. Reilinger war kurz abgelenkt; wo hatte er diese Taschen schon einmal gesehen? Polluk erzählte weiter, man hätte gute Nachbarschaft, er sei auch zum Sommerfest auf dem Bootsgelände gewesen. Klar, Ed kenne er schon länger, zumal der mit seiner Maklerin liiert sei. Hilke, die die Taschen abgestellt hatte, war dazugekommen, sie konnte das bestätigen. Auf die Frage, wer denn Ed etwas angetan haben könnte, wusste Polluk nichts zu sagen, außer dass Olga Ed einmal aus dem Wasser gezogen hatte, als der sturzbesoffen hineingefallen war. Er habe nicht mit am Tisch gesessen und sei danach auch nicht am Steg gewesen. Reilinger ging wieder. Die Frage nach den Tüten mit dem Streifenlogo ging ihm nicht aus dem Kopf.

Olga sah Fri übers Wasserufer kommen und fragte auch gleich: „Na, einen Ausflug gemacht? Was wollteste denn da?" „Ach nichts, hab nur ‚Hallo' gesagt, kenne die beiden ja wegen des Hauses." „Ach nee", konterte Olga, „ich sah dich aber hingehen, als die beiden gerade mit dem Boot wegfuhren." „Du bist aber neugierig, finde ich, geht dich gar nichts an, halt dich da raus." Seitdem lag Olga auf der Lauer und bemühte ihr Fernglas, das sie sich eigentlich gekauft hatte, um auf Reisen mit dem Boot die jeweilige Einfahrt in die Marinas auszumachen. Sie führte noch einmal das Fernglas vor die Augen und sah gerade noch, wie Guntram und Hilke erneut aufbrachen, schwer beladen mit diversen Tüten.

Fri war zu Eds Boot gegangen, aber es war noch versiegelt. Also lief sie zu ihrem Auto und fuhr heim. Purzel schaute ihr schmachtend nach. Nun, da Ed als Konkurrent wegfiel …
  Arne und Lolle waren fleißig am Schmiergeln ihres Bootes. Ob es wohl je wieder flott werden würde? Lolle wunderte sich, dass Olga und Fri zusammenstanden. Was die ungleichen Frauen wohl zu bereden hatten? Hockers machten sich fertig, um abzulegen. Obwohl sie es mit den Knien hatte, waren sie mindestens einmal täglich auf dem Wasser unterwegs.

Kommissar Reilinger kam zum Präsidium, um sich mit seinen Mitarbeitern zu treffen. An der Wand war der Fall so dargestellt, dass Eds Foto in der Mitte hing und die Fotos der anderen ringsherum angebracht waren – mit jeweils einer kurzen Beschreibung, wie das Verhältnis zu Ed gewesen war. Pfeile zwischen den Fotos sollten die Beziehungen untereinander verdeutlichen. „Alles nicht so einfach", sagte Reilinger zu seinen Kollegen. Sie hatten zusammengetragen, was die Ermittlungen Wichtiges ergeben hatten. „Wir sollten noch mal diese Olga befragen, die scheint doch wohl was zu wissen. Irgendetwas geht da vor. Heute habe ich bei diesem Polluk Tüten gesehen, die mir auch schon bei Hockers aufgefallen waren. Und auf Eds Boot war auch eine, wir sollten die Tüten untersuchen lassen." Kommissar Dieter Reilinger war sehr beliebt und auch einfallsreich. Die Tüte aus Eds Boot ging ins Labor. „Wir sollten außerdem noch mal die Maklerin befragen, die kennt ja auch welche am Steg, dazu noch die halbe Nachbarschaft, denen sie die Häuser besorgt hat. Und Ed war ihr Geliebter ..."

Um diese Zeit trafen sich Hockers und Guntram Polluk mit ihren Booten. Guntram und Hilke übergaben die Tüten. Von Land aus konnte man diese Aktion nicht missverstehen, denn ringsum hatten auch schon andere Bootseigner Päckchen gebildet. Einige Stunden später fuhren Guntram und Hilke weg. Und Hockers nahmen Kurs auf eine andere Stelle, dort warteten schon zwei Männer auf die Fracht und verschwanden damit. „Geniale Idee, meine Liebe", pflichtete Hocker seiner Frau bei. Gegen Abend kamen Hockers dann wieder am Steg an – so wie jeden Tag, nichts Außergewöhnliches also. Die beiden Männer warteten an Land und legten die Fracht in einen Bollerwagen, zugedeckt mit Badesachen, total unauffällig. So zogen sie in Richtung Straße.

Hilke stellte Guntram zur Rede, was es mit Fri auf sich hätte. „Rein gar nichts, die war am Rumschnüffeln, deshalb auch meine abrupte Umkehr. Was fragst du?" „Nun, sie ist mir auf dem Weg zum Steg entgegengekommen, meinte, sie sei mit dir verabredet gewesen." „Kann doch gar nicht sein, wir waren doch unterwegs." „Ja, aber du wolltest mich absetzen." „Hör auf Hilke, so ein Gezicke halte ich nicht aus; was sollte ich denn mit der?" „Nun, wenn du genug Geld beisammen hast, mit der abhauen." „Und meine Scheidung von Trude, die macht sich dann wohl alleine, alles Hirngespinste, aber die Fri muss weg. Ich weiß nicht, was die sich zusammenreimt, war im Labor." „Na und, du bist doch

Chemiker, kannst doch tüfteln, soviel du willst ..." „Stimmt, na komm schon Hilke, sei wieder gut, da ist nichts." Bei sich aber dachte Guntram: „So einfach ist das nicht ..."

Bevor Olga heimging, lief ihr noch Addi über den Weg. Und sie fragte gleich, was die Fri noch auf dem Steg verloren hätte, nachdem Ed nun tot sei. „Mach dir keinen Kopf, Olga." „Gut gesagt, irgendwas geht doch hier vor." „Klar Olga, die Saison geht zu Ende und alle haben zu tun. Und außerdem, was kümmert dich denn alles? Nur Gequatsche." „Man macht sich so seine Gedanken, wo Ed sein Geld herhatte. So viel ich weiß, hatte er nicht einmal Arbeit – und dann die Fri, die kostete ihm doch eine Stange Geld. Und dann dieser Nachbar, der hier immer herumschleicht ..." Bei diesen Worten verdrehte Olga die Augen. „Nun hör aber auf, den Polluk kenne ich gut, er kommt ab und zu auf ein Bier und schaut sich Boote an", warf Addi ihr entgegen. „Also ein neuer Freund von dir", stellte Olga mit verzogenem Mund fest.

Fri hatte es mit Dipl.-Ing. Kubis gut getroffen. Er ging in seiner Arbeit auf, entschuldigte sich dauernd, dass er so wenig zu Hause war, und machte ihr Geschenke. Er ließ es sich nicht nehmen und veranstaltete eine Gartenparty, lud alle Nachbarn ein. So kamen Glasers und Webers mit Polluk und Hilke zusammen. Fri flirtete ungeniert mit Guntram, was zu einer sauren Miene bei Hilke führte. Kubis schien gar nichts zu bemerken, war fröhlich und lobte das Essen vom Cateringservice. Fri brauchte nichts zu machen. Als die Männer um den Grill standen, wo denn sonst, mit einem Glas Bier in der Hand, konnte sich Hilke nicht zurückhalten. „Na, Sie lassen auch gar nichts anbrennen", giftete sie Fri an, was diese aber nicht zu stören schien. Doch die anderen Frauen warfen Hilke befremdliche Blicke zu. Später sollten sie sich noch an diese Begebenheit erinnern. Insgesamt war es ein schöner Abend. Und so gingen alle erst einmal gut gelaunt ihrer Wege ...

Am nächsten Tag hatte Fri in der Stadt zu tun. Die Maklerei lief gut und sie erwartete einen Kunden, der sich telefonisch angemeldet hatte – Kontakte knüpfen, das war ihr alles. Sie zeigte dem Herrn die Räume, machte Vorschläge ... Der Typ kam ihr unheimlich vor. Wie froh war sie, als die Besichtigung beendet war. So hatte sie noch Zeit einkaufen zu gehen, bevor sie mal wieder eine Stippvisite in ihrer Wohnung machte. Sie stellte die Tüten ab, hatte gerade aufgeschlossen und griff nach diesen, als sie von hinten einen Druck auf dem Hals spürte und ihr schwarz vor Augen wurde. Ihr Körper fiel in die geöffnete Tür. Man hörte eine Aufzugstür aufgehen und Frau Wiese aufschreien. Sie eilte gleich zu Fri und beugte sich über sie. Die Tür des Aufzuges schloss sich und er fuhr nach oben ... Kommissar Reilinger wurde gerufen. Kaum wurden Spuren sichergestellt, fiel schon auf, dass die Muster am Hals die gleichen waren wie bei Zippa.

Zur gleichen Zeit etwa machten sich Paula und Trude Gedanken, wo Zippa abgeblieben sei. „Sie wird doch nicht wieder zu Guntram gekrochen sein", mutmaßte Paula. „Ach was", entgegnete Trude, „sie wollte doch noch mal abschließend zur Badestelle laufen. Wären wir alle rausgefahren, wüssten wir jetzt, wo sie ist." Olga war auf dem Steg, werkelte an ihrem Boot herum. „Hast du Zippa gesehen?", wurde sie gefragt. Nein, Zippa hatte sie nicht gesehen. Rother kam gerade herein mit seinem Boot, ob der was gesehen hätte. „Wie soll ich was gesehen haben", gab er ungehalten zurück, „wenn die schwimmen geht, wie soll ich die vom Boot aus sehen?" Die beiden Frauen blieben am Boot, um auf Zippa zu warten. Ihre Aufregung nahm mit den verstreichenden Minuten zu. Dann entschieden sie, einen Zettel für Zippa zu hinterlassen und zur Badestelle zu laufen.

Kommissar Reilinger traf bei den Frauen zu Hause niemanden an, wollte es am Tag darauf noch einmal versuchen. Auch Fris Angehörige konnte er erst einmal nicht ermitteln. Nun gab es schon drei Leichen, die miteinander irgendwie verstrickt waren – aber er hatte keinen Anhaltspunkt, welches Muster dahintersteckte. Der Laborbericht von der untersuchten Tüte aus Eds Boot hatte nichts ergeben.

Zippa hatte Lust gehabt, noch einmal schwimmen zu gehen. Die Saison war bald zu Ende. Paula und Trude hatten jedoch keine Lust darauf. So hatte Zippa ihre Badesachen genommen. Sie traf kurz auf die Hockers, die auch noch einmal rausfahren wollten. Sie lief durch den Wald zur Badestelle und zog sich um. Es waren keine Badegäste da, nur zwei Typen mit einem Bollerwagen, an den sie gelehnt saßen. Zippa schwamm hinaus, genoss das schöne, kühle Wasser und freute sich auf den Rückweg; dann schnell zum Boot und einen heißen Kaffee ... Sie sah Hockers' Boot herankommen. Wollten die ankern und schwimmen? Sie winkte kurz hinauf und spürte plötzlich, dass sich etwas um ihren Hals zog – und wie sie nach unten ins Wasser glitt, immer tiefer ...

Kommissar Reilinger stutzte über diese beiden Morde in kurzer Zeit. Ob es zwei Mörder gab? Er konnte sich nicht von dem Gedanken lösen, dass die Tüten mit den auffallenden Streifenmustern damit etwas zu tun haben mussten. Die Obduktionen der Frauenleichen hatten ergeben: Tod durch Strangulation. Also alles noch einmal von Anfang an. So kam es, dass Kommissar Reilinger auch Glasers und Webers befragte und dadurch von der Abneigung Hilkes gegenüber Fri erfuhr. Hilke wurde ins Präsidium zum Verhör gebeten. Es war ihr sichtlich unangenehm. Guntram hatte sie bearbeitet, nichts Verfängliches zu sagen, denn eine Hausdurchsuchung könne er jetzt nicht gebrauchen. Die Auseinandersetzung ging nicht lautlos vonstatten, sodass Olga Wortfetzen mitbekommen hatte. Sie war mit ihrem Boot dicht an den Steg von Guntram Polluk herangefahren, wo sie vom Haus aus nicht zu sehen war. Ihre Deckung war perfekt, denn Guntrams Boot stand direkt neben ihrem und verdeckte die Sicht. Mit gespitzten Ohren konnte sie einiges mitbekommen. So, so ... was sollte die Polizei nicht erfahren?

Ganz unbemerkt war Olgas Lauschaktion jedoch nicht geblieben. Rother war wieder mal nicht rausgefahren. Benzin war teuer. Ute, seine Frau, war bei ihrer Schwester. Und so hing er alleine rum. Ihn beschäftigten viele Sorgen, die vielen Dienstleistungen rund ums Haus machten ihm zu schaffen, dazu die Baumärkte, Fliesenleger hatten Konkurrenz – und dann wollte er doch ein größeres Boot. Verdammt, dass Ed hin war, bevor er dessen lukrative Einnahmequelle kannte! Hockers hatten zwar auch nur ihren Elektroladen, aber wie die das machten, war ihm schleierhaft. Wie er so nachdachte, kam Addi näher und fing ein Schwätzchen an. „Höre, du hast Probleme?" „Wer sagt das?", brauste Rother gleich auf. „Was man so hört … Jetzt, wo Ed nicht mehr ist, könntest du seine Stelle einnehmen." Rother fühlte sich im siebenten Himmel, welch ein Glück, welch ein Zufall! „Was soll ich machen?" „Erst mal keine Fragen stellen, es geht um Transporte mit dem Boot." „Na, lass mal hören." „Also, du bekommst Tüten, die du in Seesäcke steckst, die fährst du dann an einen bestimmten Ort, dort ist eine Boje. An der Boje ist ein Karabinerhaken, da machst du den Seesack fest und fährst weg. Das ist alles." „Und was ist in den Tüten? Drogen oder was?" „Was sagte ich, keine Fragen stellen! Die Bezahlung ist gut, geht auf dein Konto für Beratung; ha, ha, musst du selber versteuern … Überleg es dir." Addi ging weg. Rother konnte sein Glück kaum fassen, die Lösung seiner Probleme. Aber viel Zeit blieb ja nicht mehr, die Saison ging zu Ende. Addi traf sich mit Guntram, er habe einen neuen Mitarbeiter angeworben. „Ist der zuverlässig?", fragte Guntram. „Klar", entgegnete Addi, „der hat Geldprobleme, das beste Argument." „Also gut, Addi, aber lass mich außen vor, du belieferst ihn. Mir reicht das schon mit Fri und Zippa, die beiden kannte ich, da ist es nicht schwer, eine Verbindung herzustellen. Und Rumschnüffelei kann ich nun gar nicht gebrauchen. Ich muss noch ranklotzen, bevor die Saison zu Ende geht." „Also gut." Die beiden Männer trennten sich. Olga hatte sich gewundert, wie oft Guntram zur Marina kam, so viele Boote standen nun auch nicht zum Verkauf und die neue Freundschaft zu Addi, die nahm sie dem nicht ab. Kaum kam Addi zurück, schlich der zu Rother – schon merkwürdig, sonst fing er mit der Stegreinigung vorne an …

Paula und Trude hielten es nicht mehr aus und gingen zur Polizei, um eine Vermisstenanzeige aufzugeben. Da sie wollten, dass der Fall schneller bearbeitet wird, gaben sie einen früheren Zeitpunkt des Verschwindens von Zippa an. Auf dem Revier erfuhren sie dann, dass Zippa tot aufgefunden worden war. Beide Frauen wurden daraufhin einzeln vernommen. Und da sie zugeben mussten, mit dem Datum gelogen zu haben, wurden ihre Angaben nur mit Vorsicht ausgewertet. Aufhorchen ließ allerdings, dass Zippa früher einmal mit Guntram Polluk befreundet gewesen war.

Kommissar Reilinger bestellte Guntram zum Verhör, was dem nun gar nicht passte. Er verhedderte sich bei seinen Angaben, wusste dies und das nicht, fand es puren Zufall, dass er alle Opfer gekannt hatte usw. Erst mal war ihm nichts nachzuweisen – und so wurde er entlassen. Kommissar Reilinger grübelte – und die Tüten gingen ihm nicht aus dem Kopf. Er fuhr noch einmal zum Steg der Marina „Wasserfrosch". Sein Plan war, Hockers zu befragen und, wenn's die Zeit erlaubte, auch Olga, falls sie da war. Er kam gerade auf den Steg, als Hockers fest machten, und befragte sie nach Zippa und Fri. Die Hockers gaben betont oberflächliche Antworten. All das wusste Reilinger schon. Er starrte auf die Tüten und fragte mit einer eindeutigen Geste: „Wo haben sie die her?" „Von Addi", antwortete Hocker, „der hatte mal so einen Schwung davon, haben sich viele welche genommen." Man merkte, wie Kommissar Reilinger in sich zusammensackte, seine heiße Spur hatte sich plötzlich total abgekühlt. Nun ging Reilinger rüber zu Olga, störte sie beim Lesen und fragte allerlei Nebensächliches. Olga aber war neugierig. „Gibt es was Neues von den Morden?", fragte sie rundheraus. „Nein, nicht wirklich", antwortete er. „Was!", Olgas Stimme überschlug sich fast. „Der Polluk hat damit zu tun, ist dauernd hier auf dem Grundstück. Fragen Sie mal den Addi. Und dann habe ich gehört, wie Polluk mit seiner Freundin gestritten hat, da ging es auch um Geheimhaltung, die Hilke sollte nichts sagen. Die hängen doch alle zusammen. Woher haben die denn das Geld? Ed hat

Ausgaben gemacht, die er sich von seinem Einkommen nie hätte leisten können! Addi hat die Steganlage übernommen und läuft auch nicht gerade herum, als hätte er schon immer Geld gehabt. Ja und die Zippa war früher mal mit dem Guntram zusammen, hat sie jedenfalls gesagt. Und dieser Addi hat im Bootsschuppen zu jemandem gesagt, es dürfe nicht herauskommen." Nein, sie hätte nicht gesehen, zu wem er das gesagt hatte. Der Kommissar nahm sich vor, die Besitzverhältnisse zu überprüfen.

Rother sah, wie der Kommissar das Gelände verließ, und machte sich auf den Weg zu Addi, von dem er die erste Ladung übernehmen sollte. Erst einmal wenig, um die Vertrauenswürdigkeit zu überprüfen. Alles passte mühelos in zwei Seesäcke. Und so ging er mit den Angaben ausgestattet an Bord zurück und fuhr los. Ute staunte nicht schlecht, dass er ohne sie aufbrach. Später würde er was sagen von Motorüberprüfung oder so. Er nahm Kurs auf die Brücke, an dem Seerosenteppich vorbei, um eine kleine Insel herum und dann in einen kleinen Seitenarm bis zu einem Schilfabschnitt. Die rote Boje sah er sofort, ließ Luft in die Seesäcke, drehte sie zu und hängte sie an den Haken; noch bevor er losfuhr, wurden die Säcke durchs Schilf gezogen und verschwanden. „Nicht schlecht", dachte Rother bei sich, „keine Zeugen" – und fuhr los.

Hockers machten sich auch fertig zum Herausfahren, Guntrams Boot war schon weg.

Es vergingen einige Tage, als in der Zeitung eine Schlagzeile Aufsehen erregte. Neue Droge auf dem Markt …

Hilke gab beim Verhör kaum etwas Neues von sich. Es stimmte, dass Fri sie geärgert habe – so offen mit Guntram zu flirten, nur weil sie seine Maklerin war. Aber ein Grund, sie zu ermorden, würde das ja wohl nicht sein … Kommissar Reilinger wurde ratlos. Die Spurenauswertung von Fri hatte auch nichts gebracht. Und falls bei Zippa etwas gewesen wäre, so mag das unter Wasser verloren gegangen sein. Da erschien Frau Wiese auf dem Revier. Ihr war eingefallen, dass der Lift nach oben gefahren sei, nachdem sie ausgestiegen war. Sicher hatte der Täter die Treppe nach oben genommen und war dann mit dem Lift nach unten gefahren, vielleicht hatte ihn jemand gesehen. Was Frau Wiese so sicher machte, dass es ein Täter gewesen sei? Sie dachte, dass eine Frau niemals die Kräfte hatte, jemanden zu erwürgen. Kommissar Reilinger lächelte. „Vielen Dank", sagte er zu Frau Wiese. Diese verließ sogleich das Gebäude, da fiel ihr ein, dass es komisch war, dass Fri Einkaufstüten dabei gehabt hatte, wo sie doch bei ihrem Freund wohnte und nur ab und zu nach Post gucken kam. Ob die sich gestritten hatten?

Die nächsten Tage unternahm Rother verschiedene Touren, was auch seinen Freunden nicht verborgen blieb. „Was hängst du denn dauernd bei Addi rum?", wurde er gelöchert. „Ach nichts", gab er lapidar zur Antwort.

Hockers wollten aus dem Schussfeld, sie erzählten überall, dass sie verreisen würden und die Saison sowieso zu Ende sei. Eines Tages war ihr Boot dann weg. Über den Winter hatten sie es woanders, weil es für den Slipwagen zu schwer war. Kommissar Reilinger hatte noch Fragen an sie, aber sie waren wie vom Erdboden verschwunden. Bei ihnen zu Hause traf er Frau Wiese an, die sich um die Blumen kümmerte. Hockers, die würden erst im Frühling zurück sein. Ob das jedes Jahr so sei? Frau Wiese verneinte. Herr Hocker müsse ja auch noch arbeiten. Da verabschiedete sich Kommissar Reilinger. Die Überprüfung der Finanzen war dringend nötig.

Da Hockers nun ausgefallen waren, denen alles zu heiß wurde, war es gut, dass Rother eingesprungen war. Bumpi und Balle kamen schnell dahinter, dass Rother etwas vorhatte. Und so nahm Rother Addi ins Gespräch und wies auf die beiden hin. Addi beruhigte ihn bis auf später. Guntram war nicht begeistert von der Idee, noch mehr Leute ins Vertrauen zu ziehen und sagte „Nein". Was Addi sofort Rother übermittelte. „Wie soll ich mir die vom Hals halten?", fragte der. „Dein Problem, sag doch, du willst mit Ute alleine sein, Baby und so." Also wurde Ute eingeweiht und bekam ihren Anteil.

„Neue Drogen auf dem Markt" las Kommissar Reilinger noch einmal. Sicher fand eine Verdrängung statt, Revierkämpfe; hatten die was mit „seinen" Morden zu tun? Woraus bestand die neue Droge? Reilinger hatte zu tun, er ging sofort zum Drogendezernat und nahm Kontakt auf: „Was sagten die V-Leute, wie kam das Zeug in den Handel?"

Dipl.-Ing. Kubis war untröstlich, dass Fri tot war. Er kümmerte sich um die Beerdigung, mit großer Feier, alle vom Steg waren eingeladen, auch die Nachbarn. Verwandte hatte Fri dem Anschein nach nicht. Alle kamen, außer Hockers, die waren weiter wie vom Erdboden verschwunden, nicht mal „tschüs" hatten sie gesagt, sehr ungewöhnlich. Auch Reilinger wunderte sich: Kein Winterlager hatte deren Boot, jedenfalls war keines bekannt, geflogen waren sie auch nicht, blieben also nur die Bahn oder der Bus, das musste noch überprüft werden. Frau Wiese hatte bisher keine Karte aus dem Urlaub erhalten – wie versprochen worden war. Auf dem Friedhof waren keine neuen Gesichter zu sehen, alle waren schon verhört worden. Gebracht hatte es nichts. Glasers und Webers, die schon befreundet waren, bevor sie nebeneinander ihre Häuser gebaut hatten, gingen ziemlich früh zusammen weg. Für Paula und Trude war die neuerliche Trauerzeremonie zu viel. Sie hatten ja auch gerade Zippa zu Grabe getragen. Beide gingen bald nach Hause. Im Treppenhaus war es dunkel. Unheimlich. Auch der Fahrstuhl lag im Dunkeln. Beide lauschten in die Stille, nichts. Aneinandergedrängt tapsten sie die Treppe hoch. Immer am Geländer lang. „Zähl die Stockwerke", sagte Paula. Und schweigend mühten sie sich ab weiterzukommen. Plötzlich hörte Paula eine Bewegung. Schon im nächsten Moment dröhnte es in ihrem Kopf. Trude schrie auf, konnte die zusammensackende Paula nicht halten und fiel noch im nächsten Augenblick über sie.

Nun war sich Kommissar Reilinger ganz sicher, die Morde hatten alle etwas miteinander zu tun. Alle Opfer hatten entweder ein Boot in der Marina „Wasserfrosch" oder waren im Umkreis dort ansässig oder durch Freundschaft wohnhaft bei Fri. Der ganze Stab um Kommissar Reilinger zerbrach sich die einzelnen Köpfe. Die finanziellen Überprüfungen hatten ergeben, dass alles seine Richtigkeit hatte. Hockers und Rother Harries hatten, nachdem es ihren Firmen schlecht gegangen war, erfolgreich Beratungen getätigt und versteuert. Merkwürdig war nur, dass Ed auch durch Beratungen zu Geld gekommen war. Nur: Wer hatte überwiesen und wer wurde beraten? Das ließ sich nicht feststellen, die Überweisungen kamen aus dem Ausland. Wer war Nutznießer der Opfer? Ed schien keine Verwandten zu haben. Und Fri hatte durch ihre Maklertätigkeit eigenes Geld, zumal sie ja dann mit Dipl.-Ing. Kubis liiert war. Guntram Polluk besaß zwar das Haus und das kleine Boot; aber die Firma, deren zweiter Vorsitzender er war, lief nicht gut. Dann war da noch die teure Scheidung. Plötzlicher Wohlstand war bei ihm nicht zu erkennen. Die drei Frauen, was hatten die gemeinsam? Zippa war mal mit Guntram zusammen – und die beiden Frauen mit ihr. Unklar, wo da ein Zusammenhang stecken sollte.

Olga machte sich Sorgen und sagte zu Addi: „Ich hoffe, ich bin nicht die nächste." „Ach was", wiegelte der ab, „wer soll dir was anhaben?" „Was ich so alles mitkriege …" „Was kriegst du denn mit?" „Tu doch nicht so, der Polluk schleicht hier rum, streitet sich mit seiner Schnalle, dass die beim Verhör nichts sagen soll. Die Fri spionierte bei ihm rum, wenn das nichts ist." „Behalt das bloß für dich", warnte Addi und ging. Etwas später war Addi bei Guntram im Haus zu Gast. Hilke hatte gekocht und ihn zum Essen eingeladen. „Schlechte Neuigkeiten", begann Addi die Unterhaltung. „Die Olga quatscht rum, wäre nicht gut, wenn der Reilinger davon erfährt." „Mir egal", beschwichtigte Guntram, „ich melde die Pillen als Nahrungsergänzungsmittel an, alles legal – oder dampfe die Wirkstoffe auf Tees auf." „Alles egal! Und wenn du die Genehmigung nicht bekommst, die prüfen doch alles?!" „Dann mache ich weiter wie bisher." Nach einer Weile fügte Polluk hinzu: „Der Reilinger ist mir auf den Fersen, ich werde mein Labor woanders verstecken." Man sprach dann über dies und das. Das Essen war köstlich, alles vegan.

Als Addi gegangen war, machten sich Hilke und Guntram daran, das Labor zusammenzuräumen. Guntram hatte die ganze Zeit ein Grinsen im Gesicht. Nahrungsergänzungsmittel, dass er nicht lache! Nach und nach räumte Guntram das Labor in den Schutzkeller, den er unter dem kleinen Haus entdeckt hatte; zufällig hatte er den Eingang gefunden, keiner wusste davon, nur Hilke und er. Hilke ... Der Vertrieb der Pillen übers Wasser war seine geniale Idee gewesen. Wer sollte ihn da observieren? Und wenn schon, die Übergaben waren dauernd woanders und es gab mehrere Kuriere ...

Kommissar Reilinger hatte von den Kollegen des Drogendezernats Informationen erhalten. Ja, die neuen Drogen waren an sich nicht so neu wie gedacht. Die Laboruntersuchungen hatten ergeben, dass sich das Zeug wie Crystal zusammensetzte, aber mit einem Zusatz von Fliegenpilzextrakt. Produziert konnte es überall werden. Reilinger war davon nicht überzeugt. Am Bootssteg „Wasserfrosch" kamen zu viele Zufälle zusammen. Viele Tote, zu viele Tote auf kleinem Raum, viele mit Beratertätigkeiten, irgendwie miteinander verbandelt.

Drogenexperte Rüben hatte dann noch eine Überraschung. Er zeigte eine Stadtkarte mit den Hotspots dieses Drogenhandels: alle in Wassernähe. Durch geschnappte Drogendealer waren einige Informationen hereingekommen. Der Film einer Razzia ließ Reilinger elektrisiert hochfahren. Die Tüten! So markante Tüten hatte er im Boot bei Ed gesehen und im Boot von Hockers sowie bei Polluk. Und Polluk war Chemiker. Er hatte genug gesehen, bedankte sich und ging. Als er in seinem Büro angelangt war, lag eine Nachricht vor. Olga hatte den Tipp hinterlassen, dass vielleicht Frau Hockers Bruder etwas über den

Verbleib des Ehepaares wissen könnte. Möglich, möglich. Den Ausschlag gab dann das Telefongespräch mit Frau Wiese. So wie sie bei Fri häuslich zu Gange gewesen war, kümmerte sie sich auch um den Haushalt der Hockers. Als sie dort die Blumen goss und das Telefon klingelte, nahm sie ab, weil sie dachte, Hockers würden sich melden. Aber es war der Bruder, der sich wunderte, dass seine Schwester sich nicht um das Einpacken des Bootes für den Winter kümmerte, was er immer mit seinem Schwager gemeinsam getan hatte. Er hinterließ seine Telefonnummer, falls die Hockers sich aus ihrem vermeintlichen Urlaub meldeten. Nun aber meldete sich Kommissar Reilinger. Klar, da der Bruder einen anderen Namen führte und das Boot auf seinem Platz lagerte, war man nicht auf ihn gekommen. Als Reilinger mit dem Team der Spurensuche anrückte, fanden sie Hockers in Plastiksäcken im Bootsinneren vor. Später kam heraus, dass weißes Pulver dieselbe Substanz enthielt wie die Droge. Eine Spur zum Hersteller und zum Mörder. DNA wurde sichergestellt. Alle männlichen Bootseigner und sonstigen Männer um den Bootsplatz herum wurden gebeten, Speichelproben abzugeben. Dipl.-Ing. Kubis und der neue Nachbar des letzten verkauften Grundstücks weigerten sich, weil sie mit der Sache nichts zu tun hätten. Dipl.-Ing. Kubis ließ sich dann überreden, immerhin war Fri umgebracht worden. Und zum Ausschluss war es dann recht hilfreich. Für Reilinger war es keine Überraschung, dass Addi in die Mordfälle verwickelt war. Addi wollte reden. Wo war eigentlich Polluk? Sein Boot war noch da ... Sein Auto fand man am Flughafen. Reiseziel: Panama. Hilke, seine Freundin, war nicht mit. Reilinger überkam ein ungutes Gefühl.

Bevor Guntram aufgebrochen war, waren er und Hilke noch in seinem neuen Labor gewesen. Viel braucht es ja nicht. Er kochte noch einmal tüchtig und trug dabei wie immer eine Maske, um nicht schon von den Dämpfen high zu werden. Als Hilke nach dem Warum gefragt hatte, antwortete er lapidar: „Aus alter Chemikergewohnheit." Hilke hatte daraufhin das unbequeme Ding weggelassen und war bald im entsprechenden Zustand.

Guntram verpackte das Pulver, es war noch einmal so richtig etwas rumgekommen; Zeit, es in Pillen zu verarbeiten, war nicht mehr. Er ging mit den Reisetaschen zur Tür und sagte zu Hilke: „Ich komme gleich." „Ja, Schatz", lallte sie zurück, dann schloss sich die Tür – und wurde von der anderen Seite verkleidet. Hilke war gefangen. Als die Tür ins Schloss fiel, wurde Hilke schlagartig klar, dass auch die Luft knapp werden könnte.

Hastig packte Guntram alles in sein Auto. Am Flughafen konnte die Übergabe nicht stattfinden, zu viele Kameras. Und so entschied man sich aus alter Gewohnheit, die Sache am Steg eines gemeinsamen Freundes zu regeln. Einen Teil des Geldes steckte er ein, den größeren überwies er über mehrere Banken an seine Briefkastenfirma in Panama. Und auf ging es. Nervös wurde er beim Einchecken und wartete fieberhaft, dass der Flieger abhob – in Richtung Freiheit ...

Hilke unterdessen merkte schnell, in welcher Situation sie sich befand. Zum Glück hatte Guntram das Licht angelassen, sodass sie sich orientieren konnte. Ein paar Chemikalien lagen noch herum, vielleicht ihre Rettung, denn von außen konnte sie nichts hören und auch von drinnen drang kein Ton nach draußen. Guntram, dieser Mistkerl! Im Krisenfall musste die Luft im Sicherheitskeller mit einer Art Kurbel durch verschiedene Filter getrieben werden, um so gereinigt zu werden. Viel zu anstrengend für sie alleine; also musste die Luft, die noch da war, reichen.

Kommissar Reilinger hatte viel Zeit gebraucht, um die Leichen der Hockers zu bergen und die Speichelproben zu nehmen. Und nun erst war aufgefallen, dass Polluk nicht zu erreichen war, und sein Auto fand sich schließlich am Flughafen. Gefahr in Verzug stand also an, denn so viel war bekannt, er war allein geflogen. Wo war Hilke? Das Haus wurde geöffnet und durchsucht, aber nichts gefunden. Alles war ordentlich verlassen worden. Auch im Nebengebäude sah man nichts. Auf dem Parkettboden entdeckte Reilinger jedoch Spuren von Möbeln, die offenbar verrückt worden waren. Vom Vormieter? Sicherheitshalber wurde der Boden abgeklebt. Blutspuren ließen sich nicht nachweisen. Also erst mal nichts weiter. Die Proben gingen ins Labor und es bestätigte sich, dass Guntram Polluk aller Wahrscheinlichkeit nach kurz vor seiner Flucht noch die neue Droge hergestellt hatte.

Addi erzählte nun ausführlich von der profitablen Geldquelle durch den Drogenhandel. Rother Harries wurde verhaftet, seine Frau blieb trotz Mitwisserschaft auf freiem Fuß. Deren Schwester hatte Bumpi schon von dem Deal erzählt, und der wieder Balle, aber alles kleine Fische. Denn die Morde hatte Guntram erledigt, so Addis Aussage. Kommissar Reilinger war damit nicht zufrieden. Das einzige männliche Opfer, nämlich Ed, hatte nur mit Addi Kontakt gehabt. Und nach längerem Verhör räumte Addi ein, Ed ins Wasser gestoßen und mit einem Bootshaken hinuntergedrückt zu haben.

Arne ließ die Korken knallen. Alle hatten mitbekommen, wie schwer sie sich taten, das alte Boot flott zu bekommen. Lolle war froh, dass niemand Arne angeheuert hatte, der hätte am Ende noch mitgemacht.

So langsam reimte sich für Kommissar Reilinger alles zusammen. Guntrams Flucht und Hilkes Verschwinden sagten ein Übriges ... Guntrams Frau Trud nutzte die Gelegenheit, ihre Forderungen geltend zu machen und beanspruchte das Haus. Nachdem alle Untersuchungen abgeschlossen waren und das Polizeisiegel entfernt worden war, ging sie das Haus besichtigen. Als sie im kleinen Nebenhaus war und schon in Gedanken alles nach ihren Wünschen einrichtete, gab es eine große Explosion. Die Rauchwolke war weithin zu sehen. Die Feuerwehr rückte an, zwei Frauenleichen wurden geborgen ... Die Spurensicherung bekam schnell heraus, dass die Explosion durch Chemikalien hervorgerufen worden war. Interessant war der Bunker, der teilweise beschädigt zum Vorschein kam und die vielen Streichhölzer, deren Köpfe abgeschabt worden waren ... Die alte Kurbel war bewegt worden. Hilke muss unter Aufbietung all ihrer Kräfte versucht haben, Luft hereinzubringen.

In Hermines Hausboot wurde die Geschichte noch mehrmals durchgehechelt. Wer erlebt schon so etwas in seiner unmittelbaren Nähe.

Kommissar Reilinger wurde befördert, gute Ermittlungsarbeit und ein Schulterklopfer. Gewurmt hat ihn, dass Guntram Polluk sich seiner Strafe, seiner gerechten Strafe entziehen konnte. Wie viel Geld er beiseitegeschafft hatte, ließ sich nur erahnen, wenn er das Haus, sein Boot und sein Auto so einfach zurücklassen konnte.

Franz und sein Freund kümmerten sich erst mal um die Stege, bis die Eigentumsfrage geregelt war. Am Bootssteg „Wasserfrosch" kehrte etwas Ruhe ein. Und da Rother weg war, wurde die Stimmung auch besser.

Drogenexperte Rüben und seine Kollegen merkten schnell, dass nach einiger Zeit die sogenannte neue Droge vom Markt verschwunden war und sie sich wieder um andere kümmern mussten. Nachschub blieb nie aus.

Guntram hatte es geschafft, er hatte alles von langer Hand vorbereitet und die Verzweigungen einer Briefkastenfirma musste man erst einmal entwirren, er lächelte zufrieden. Aus den Nachrichten erfuhr er vom Ableben seiner Freundin und auch, dass Hilke sich so doof angestellt hatte wie erwartet. Schade um den schönen Bunker. Ach, was war es herrlich in Panama, das warme Klima und das kühle Lüftchen vom Atlantik her, freundliche Menschen. Jetzt ein gutes Schlückchen in einem Café und das gute Leben konnte beginnen. Das letzte, was Guntram Polluk wahrnahm war, dass er durch die Luft flog und unsanft aufkam.

Man kannte ihn nicht, das, was er bei sich trug, wurde verkauft und eine Armenbestattung vorgenommen. Es war zweifelsfrei ein Unfall. Er war in das Auto hineingelaufen, bestätigten auch die Zeugen aus dem Café. Auf seinem Mobiltelefon fand man keine Telefonnummern, das war das einzig Merkwürdige. Aber ein Ausländer – irgendwann würde jemand nach ihm fragen, das Foto legte man zu den Archivakten ...

Die Autorin

Die 1950 in Berlin geborene Sigrid Elli entdeckte
ihre Liebe zur Schriftstellerei aus einem Hobby
heraus. Die geschiedene Mutter zweier Kinder be-
sann sich erst nach einer bewegten Berufslaufbahn
im sozialen Bereich auf ihre kreative literarische
Begabung.

Die zahllosen Erfahrungen, welche Elli als Erziehe-
rin in verschiedenen Einrichtungen machen durfte,
spiegeln sich in ihrem Schaffen als Autorin. Sie
war im Rahmen der Kinder- und Jugendpsychiatrie
in einer Einrichtung für schwererziehbare Kinder
und Jugendliche, im Kindergarten für mehrfach
behinderte Kinder, in einer Schule für Kinder mit
geistigem Förderbedarf sowie im Obdachlosenasyl
tätig.

Nach der Veröffentlichung von Geschichten im
Schreibkreis „Prosaik" und dem Erscheinen in der
Anthologie „Im Zaubergarten der Worte" des
Fischer Verlages 2016 folgt nun „Mord und andere
familiäre Zutaten".

Wenn Sigrid Elli nicht schreibt oder liest, kocht und
schwimmt sie mit Begeisterung.